U0128098

敬謝

孫少英先生惠賜封面圖畫

孫少英先生山東諸城人，民國二十年生，今年九十二歲。任職臺灣電視公司三十餘年退休，擅長寫生，九二一大地震時，以素描描畫救災及重建過程，出版「九二一傷痕」及「家園再造」。現隱居於南投埔里。

傅武光著

鳳陽牧歌

增修版

傅武光自署

壬寅年桂月
萬卷樓栞本

自序

我家務農，少時放牛於飛鳳山的南麓，而所讀的芎林初中，校歌歌詞說：「頭前溪畔，飛鳳山陽，秀巒重重，碧水滂滂。」於是給自己的書房取名爲「飛鳳山房」，而名此詩集爲「鳳陽牧歌」。

一個人的愛好，應是出於天性。小學五年級時，國語課本有〈武訓興學〉一課，課文的句式，類似古詩，三、五、七言錯落交織，自然成韻，讀起來琅琅上口，我非常喜歡，一讀再讀，居然成誦。至今六十多年，還記得開篇的一段：

莫嘆苦，莫愁貧，有志竟成語非假，鐵杵磨成繡花針。古今多少奇男子，
誰似山東堂邑姓武人。武先生，單名叫做訓，兄弟都早死，父母又不存。飢寒
交迫難度日，沿門托缽受苦辛。

此後，由初中至高中，凡遇韻文，便格外喜歡，多能記誦。上大學遂以師大國文系爲第一志願。

師大國文系二年級有「詩選及習作」課，本應是我學習作詩之始；但歷代詩作浩如煙海，又受限於授課時數，老師講解都來不及，實無時間指導習作。

然而漸漸積累，歷代名家的詩讀多了，常有想要創作的意念。大三暑假，上成功嶺，首度與女友分別，頗覺難捨，好像只有做詩才能表達胸中的鬱積，於是寫了一首〈上成功嶺賦別〉（見本集「閒情賦」）。這是本人平生所做的第一首詩。至今回讀，好像還算有模有樣，不失規矩。這證明了《詩．大序》所說「情動於中，故形於言」的道理。

此後生活安定，事事平凡無奇，二十年間幾無作品。到了民國七十七年，首次遊大陸，觸目驚奇，半個月的旅程作了二十幾首詩。這是因爲感觸太大了！

試想，兩岸隔絕四十年，故國的江山名勝，往日只出現於地理或國文課本的名詞，如長江、黃河、長城、曲阜、西湖、絲路，一時突現眼前，簡直是在夢中！那一山一水，在在使人思潮起伏，感情澎湃。無怪在長江的船上就有「遙想長江四十秋，今看江水拍船頭」的驚奇。（見本集「逍遙行」）再度說明了：情動於中，而後能言之有物。

民國九十年前後，受邀參加師大汪中老師所主持的「停雲詩社」，社規每月聚會一次，作詩兩首。自此才有定時創作。民國九十四年，參加教育部一年一度的古典詩詞創作比賽，規定參賽作品三十首，必須包括古詩、絕句、律詩，缺一不可。評審結果，本人獲得首獎。經此鼓勵，創作的次數漸漸增多，累積了一些心得。

自序

退休以後，晝長日永，起居多暇，兼以詩友從遊，故舊存問，每有詩思，便執筆屬辭。所以晚近之作，倍於往時。如今，年近八十，同輩諸友，已漸凋零；自己身體，亦不復剛強。百歲光陰，慨將虛度。語云「雁過留聲」，思之憂懼！於是將平生所詠，共三百餘首，集而成帙，傳於子孫，及我同好。也庶幾算是「留聲」於後了。

本集的編排，大致依創作內容分爲七類：

一、天倫歌　歌詠親情

二、子衿謠　懷友之作

三、逍遙行　旅行之作

四、閒情賦　閑居所懷

五、南山頌　祝壽之詞

六、返眞詞　弔喪之作

七、酬唱集　友朋唱和

另外，今年始學塡詞，纔四五首，依題材內容歸入上列的分類中，不另獨立。

還有，詩友酬作，有時也用上對聯，雖寥寥數語，畢竟創自心田，性質與詩詞相近，故以附錄於篇後。

武光生長窮鄉，幸賴父母辛苦撐持，得以完成高等教育。回思少年放牛之景，如在目前。長大所思所想，常在田間，無時或忘。

自念學愧馬班，才非李杜，能粗通聲律，略事吟詠，以續少時之歌，已幸甚矣！好友知音，視之爲牧童之唱可也。

目次

目次

目次

目次

目次

目次

目次

目次

目次

目次

目次

目次

目次

壹　天倫歌　敘親情也

慈父頌　三首

其一

一生勤樸事耕農，飽歷霜寒幾十冬。
教子諄諄惟謹慎，貞剛直是後凋松。

家大人於民國一百零二年棄養，享年九十五歲。

其二

皓月青空，昭明德於末俗；
陽春白雪，振大漢之天聲。

壹 天倫歌

家大人傅清增先生參加客家電視臺所舉辦之「鬧熱打擂台」客家山歌比賽，連過二十關，獲最後勝利而成為擂臺主。時年八十六歲。

其三 代媳婦作

雨露均施，無分山藥與芍藥；
兒媳兼愛，直覺婆家是娘家。

慈母頌 二首

其一

獨憐吾母一錢無，捧負提攜六鳳雛。
每念慈烏知反哺，寒泉思母淚漣如。

其二

慈以待人，恕以接物，雖然不識之無，
一言一行，都是聖賢道理；
兒已失恃，孫已無依，所有從前教誨，
而今而後，俱成風木哀思。

婚前初訪雲嬌，歸而詠其家居之景

水靜山空蹊徑斜，竹林深處是吾家。
纔聽鳥語催歸急，又見冰輪上碧紗。

雲嬌七十壽辰

雲表初陽分外嬌，闔家喜慶在今朝。
七十之年眞堪賀，悲歡窮達付一瓢。

武光七十壽辰 二首

其一

七十之年隨斗移，從心所欲聖難期。
顧唯一事堪傳後，萬卷圖書百首詩。

其二

夢覺今生十九非，古稀端合掩柴扉。

近來學種三畦菜，始識淵明樂賦歸。

七十八歲生日志平講壇視訊教學上課時，諸君爲我唱生日快樂歌，賦詩以報。

治平講壇者，余為紀念新竹中學故校長辛志平先生所創者也。講壇設於辛校長故居內。民國一〇八年三月二日開始上課。今年（民國一百一十一年）五月武漢病毒復起，遂暫改為網路線上教學。

光陰如駛鬢如絲，術業荒疏悔已遲。
俯仰無慚唯一事，親耕苗圃蕙蘭滋。

手足情 五首

其一 二弟文光、三弟錦全

天地同一氣，無如骨肉親。我有親胞弟，兄弟共三人。
二弟少兩歲，三弟隔五春。兒時共遊戲，長為隴畝民。
上學逢假日，放牛溪水濱。春耕與秋獲，辛苦難具陳。
一朝厄運來，家貧百事哀。颱風葛樂禮，百畝良田摧。
衣食所憑藉，野無一粒遺。遂令二賢弟，輟學營生機。
文光喜藝術，錦全富文才。天資俱泯沒，為我墮塵埃。
文光尤可念，隨父奔東西。深山事版築，供我學堂貲。
昔有軾與轍，兄弟相提攜。聯袂舉進士，雙雙登蘭臺。

愧我爲兄長，有弟不相偕。手足不能顧，念之痛胸懷。

所幸天德厚，好運爲弟開。茅舍一株柏，移向上苑栽。

原能研究所，公職適安排。從此風帆順，恬淡度生涯。

其二 賀圓妹七十一歲嵩壽

故郡清河舊有堂，開闈即出狀元郎

承家繼有班昭筆；濟世能開扁鵲方。

時雨年年霑蕙圃；新枝處處溢清香。

紅塵得幸爲兄妹，白髮相期壽且康。

吾有三妹，圓妹居長。畢業於師大國文系，先後任教於竹東高中、中壢高中，裁成無數。中間考取中醫特考，遂兼為執業醫師。又吾家祖堂為清河堂，故郡在河北南邊，與山東聊城接壤。聊城有傅以漸，為清初開科取士之第一位狀元，已故台灣大學校長傅斯年，其第七世孫也。

其三 二妹秀貞

人生無定止，飄然如轉蓬。風來百草折，離根去無踪。
我母生三女，聰慧過三兄。富貴各有命，遭遇亦不同。
獨憐秀貞妹，自小掛吾衷。出生才周歲，離別少相逢。
我年十一齡，妹在襁褓中。無端常啼哭，孱孱有病容。
此時養五子，母親忙不止。妹由我背負，或置搖籃裡。
搖籃搖不停，妹哭仍不已。攬起抱懷中，一室頻徙倚。

母親頗憂心，送醫請調理。醫言不須憂，嬰兒常如此。
如此過一年，歡心無有幾。母終不釋懷，問卜求神旨。
道士信口開，此子命途乖。惟做他人子，始可禳其災。
母親聞此語，慮除始展眉。以之告姨母，正中姨母懷。
姨母常感嘆，有子無女孩。姊妹一言合，抱去不須媒。
當時我在校，讀書尚未歸。歸來不見妹，衷腸寸寸灰。
回思往日事，手足情難追。有妹誠幸福，捧負亦已疲。
常願妹長大，免我背復攜。果然一年後，妹能步步移。
耕牛喜脫軛，我亦樂無涯。誰知好兄妹，竟爾遠分離。
母親別愛女，忍痛在心扉。願此椎心痛，能邀天命回。

在昔喪亂年，母愛在詩篇。有母難自保，抱子棄草間。
顧聞號泣聲，揮涕獨不還。願得吉人助，護兒一身完。
人生失常序，倫理或倒顚。愛子反棄子，古今同所歎。
幼苗需沃土，鳳鳥棲高山。世情慕富貴，人性本天然。
奈何喬木鶯，反向幽谷遷。我家貧已甚，姨家更清寒。
全家風聲裏，食少衣又單。環顧惟四壁，孑然無伴玩。
薄暮放學歸，接手煮晚餐。家事收拾畢，攻書至夜闌。
如此數寒暑，家計仍艱難。小學方卒業，棄學去上班。
爲兄知此事，悔恨鬱心田。痛妹詠絮才，埋沒器物間。
愧我爲長兄，在學無銀錢。不然傾家產，也要攜妹還。

回看另兩妹，升學過重關。本是同根生，升沉何相懸！
所幸天恩溥，稟賦道根全。妹雖未升學，志行人稱賢。
孝順過常人，生養兩不偏。不惟愛兄姊，子侄尤所憐。
淵淵純德厚，天報好姻緣。仙姬更送子，欣欣瓜瓞綿。
事業蒸蒸上，清福暗暗添。少賤豐淬煉，晚境鴻運連。
如今姐妹會，歡喜憶當年。升沉無限事，飄忽似雲煙。

其四

三妹秀春

日麗風和花競秀，滿庭蘭蕙報新春。
凌空一曲沉沉夜，震愕華堂座上賓。

民國一百一十年元旦，圓妹七十一歲壽辰，親族聚餐同慶，秀春獻

唱〈郊道〉主題曲（「夜沉沉……」）為壽，天籟繞梁，一座驚
嘆。

其五（同上）

飛鳳山岡眾鳥鳴，獨憐清越鳳雛聲。
一朝振翮南溟去，眼底天池照影清。

秀春多才，鳥中之鳳，一飛沖霄。掌竹科大企業之財政，襄贊
中樞，一身潔白。《莊子．逍遙游》：「北溟有魚……，化而
為鳥，其名為鵬（案：鵬即鳳也。）；鵬之背，不知其幾千
里也，怒而飛，其翼若垂天之雲。是鳥也，海運則將徙於南溟；南
溟者，天池也。」

初客漢城憶長女韞華

初客漢城，遙憶長女韞華揮淚送別之景，竟不能寐，寫懷寄之。

一去鄉關百緒牽，漢江欲曙未成眠。
韞華臨去雙行淚，滴遍阿爺衾枕邊。

女兒淑華（泳珍）以《王船山老子解研究》論文獲中央大學文學碩士學位

吾家有女承衣缽，子史諸經求若渴。
世路熙熙爲利來，伊獨志道甘裋褐。
既讀程朱識心性，復窮義理拜船山。

船山學術氣象別，重巒疊嶂敢追攀？
策杖披荊援根榦，枝橫葉密藤屈盤。
偶從木末窺嶺表，極峯猶在白雲端。
芒鞋欲破糧欲盡，歧路徘徊難更前。
安梧老師來隴畝，山中登降若平川。
引領弟子入新徑，騰趠穿林別有天。
須臾腳底生煙霧，孤峯絕頂縱臨觀。
何異搏飆天池上，下望人寰盡冥玄。
尺寸千里攢懷抱，蒼茫萬物皆彈丸。
歸來彷佛重浴火，解纜放船便收竿。

回首平生孰堪慰，筆錄心聲書一編。

姪女

慧珠我侄女，幼時母離居。阿婆憫孤弱，躬親育鳳雛。
白日身捧負，夜晚共被襦。寒暖呵護至，視如掌上珠。
稍長知自愛，上學勤讀書。兼能做家事，不畏親灶爐。
小學國中畢，高中厚積儲。立志上大學，然後展宏圖。
或爲便利計，天晚宿我廬。我妻視己出，一家無所殊。
我女年相若，共處多歡娛。如願上大學，獨遷東海隅。（註）
阿婆殊難捨，思之淚漣如。東海卒業歸，人回心未回。

前在網球社，一友入心扉。球網變情網，眼底燦春暉。
春蠶絲方盡，臘淚已成堆。同隊張姓友，久已慕湘妃。
靜候逾三載，毅然心不灰。我一旁觀者，眞僞察入微。
般般勸侄女，此男信可依。侄女猛然醒，始悟昨日非。
自此姻緣定，伯父實良媒。結婚十餘載，幸福滿庭闈。
若使阿婆知，當爲一展眉。可惜不及待，新墳已生苔。
祖孫無見期，徒留風木哀。夫婿專業強，牧場自開張。
畜牛二百隻，泌乳供四方。侄女在竹科，公司仰棟梁。
商場縱橫策，長官賴贊襄。夫妻琴瑟和，事業日益昌。
事我如事父，孝行感心腸。有德斯有福，闔第安且康。

膝下兩小女，才分露光芒。全臺網球賽，奪冠屢連莊。
少小嶄頭角，前程固難量。聖人有遺教，少賤無所妨。
既能爲鄙事，他日多資糧。鄙賤生智慧，所在呈吉祥。
無須慕富貴，自然樂未央。

註：慧珠從竹南高中考上東海大學

觀小兒女對奕

骨肉無端作敵家，霍然桌案起風沙。
局終檢點無餘子，唯見簷前落日斜。

淑華與運衡對奕，自申至酉，殺伐慘烈。

衡兒在巴黎行處思之

民國九十四年四月二日作於十八尖山

緩步尖山道，桂香盈我衣。所思天一隅，相見復何時。

兒媳

淵明有詩云，落地骨肉親。此語信非虛，此事有奇聞。

我家兒與媳，千里遠結婚。媳本我門生，一旦爲天倫。

問媳何人也？姓戴名嘉欣。先祖居神會，移居於澳門。

少小聰且慧，麗質韞眞純。求知思奮進，品學優同羣。

高中既卒業，鴻鵠欲凌雲。振翮横大海，遂與故鄉分。

來臺讀師大，林口暫安身。旋入校本部，始獲展慧根。

從我修論語，深體恕與仁。次年讀呂覽，宏觀識先秦。
三年學老莊，虛室自凝神。詩文愛唐宋，從中挹清芬。
如此四寒暑，課室度晨昏。學業日增益，道術腹笥存。
中逢甲申歲，家家迎新春。開歲設小宴，宴我師友團。
雨盫偕師母，親臨作上賓。同門諸弟子，侍師忘苦辛。
嘉欣未返澳，遂亦翩然臻。師生惜嘉會，不在席上珍。
傾觴興未已，驅車逐風塵。尖石好風景，崎嶇繞山村。
山村草樹密，鳥鳴時交喧。野望復登眺，日斜景不延。
嘉會難再得，少長共歡然。歡然忘主客，儼若一家人。
悠悠三載過，喜訊傳紛紛。運衡情所鍾，竟爾是嘉欣。

此訊從天降，驚喜難言宣。不知如此果，何處種前因？
原來甲申會，傾蓋定宿緣。當時無心柳，春來柳如煙。
巴黎留儷影，水都共乘船。寶島絕勝處，早已飽遊觀。
嘉欣母聞訊，怛焉百味陳。好男過江鯽，何必捨澳門？
女兒志已決，心如金石堅。不畏夫家遠，不患夫家貧。
既結秦晉好，族親皆稱賢。晨昏長定省，持家儉且勤。
仁恕以接物，內外事盡圓。歲月匆匆去，忽焉已十年。
生男名斯同，聰明擅管絃。生女名斯予，才美貌如仙。
忠厚家風舊，良緣實堪傳。宜室復宜家，詠此關睢篇。

長義女瑾兒認親三十餘年矣，回思往事，幸福滿懷。

余有兩義女，長曰徐瑾，次曰沈美華，俱為余師大國文系所教之學生。美華提議，兩人願做義女，余考慮經年而後從之。

祖德清芬宜有祥，頻來乳燕定巢房。
紅樓久結師生義；白髮終成父女行。
蒞止風城眞福地；擇尋佳壻遇才郎。
親情自是前生訂，只少神龕一炷香。

次義女美華蘆洲三民高中校長任滿，二零二一年八月榮調

為永平高中校長，以詩賀其履新。

美乎哉永平，賢乎哉美華！為國樹梁棟，校長出自家。

天將降大任，先使闖天涯。初赴蘆洲任，諸事待梳爬。

學子四方至，漸覺禮義加。耕耘經六載，滿園燦奇葩。

新手勝老圃，才能眾口誇。以為英雄漢，原來是女娃！

考績既知名，榮調歸永平。永平本母校，素著好名聲。

當年初入學，頭角即崢嶸。言談嫻辭令，鳴比雛鳳清。

滔滔吐文采，一語四座驚。三年既卒業，品學冠羣英。

巍巍北一女，探囊捷足登。既又思高舉，大學榜有名。

師大國文系，六藝詞章鳴。經史勤考索，詩文常筆耕。
內聖外王學，四年粗學成。學成歸母校，母校增光榮。
恂恂許校長，知人識才情。使任諸要職，又使步步升。
教學與治校，成竹盡在膺。英才難自棄，受命主學衡。
暫辭永平去，三民一身擎。蘆洲遺棠愛，杏壇留典型。
人情戀舊家，老思故園瓜。今年花落土，明年更護花。
永平根基厚，不畏風雨斜。何因生自信？爲有沈美華！

長孫女考上國立大學

舊住芎林碧水旁，有山如鳳欲飛翔。

水清山翠鍾靈秀，俗厚民淳兆吉祥。
孫女才思如宋玉，笛簧婉曲媲韓湘。
求知到處展書卷，一試秋闈登上庠。

長孫女范耘甄、次孫女范耘瑄皆長女韞華之女也。

次孫女耘瑄近在國家音樂廳合唱客家歌謠，又在國慶日總統府慶祝大會臺上獻唱國歌

耘瑄孫女亦榮光，才藝常登表演場。
重振天聲迴大漢；齊歌古調上朝堂。
他鄉作客憐孤影；異縣聞音懷舊莊。

回望中原家萬里，悠悠百代思難量。

孫女閔薰出生記

難忘己丑年，煦煦四月天。午後樓上臥，薰風吹欲眠。
妻忽排門入，驚叫事突然。謂女正急產，不及送醫前。
我聞此消息，寸心焦若煎。縱身越級跳，下樓如墜淵。
眾手不知措，家人亂一團。女婿急生智，併手作托盤。
嬰兒托手上，臍帶尚相連。電催救護車，護送不稍延。
醫生細處置，母嬰幸獲全。事定子細看，女孩秀娟娟。
兩頰豐而潤，五官正且妍。只是性情急，急於到人間。

爺爺雖歡喜，代價實可觀。右腿痛半載，筋骨始獲痊。
孫女漸漸長，膝下日承歡。聰慧饒樂趣，遂爾忘艱難。
歲月匆匆去，今閱十三年。讀書知勤勉，品學常優先。
斯才堪深造，遠圖可預言。璞玉經琢磨，璀璨光塵寰。

孫女群芳譜

清河祖堂基因好，藝文天分代代傳。
或稟音樂通工尺，能歌能舞擅管絃；
或稟美術精繪畫，能書能文工詩篇。
斯予年方三歲半，誦詩琅琅上千言。

甄瑄閔薰克紹繼，高手還數溱與珊。
禹溱績優上名校，禹珊畫作登藝壇。
庭甄不單球藝妙，課業亦足爭狀元。
網球場上常無敵，比賽連連稱霸先。
以姊爲師技不讓，潛能尚有小綵軒。
日昇月恆功漸進，他年盛開並蒂蓮。
綜觀孫輩皆俊秀，羣嶽咸能造其巔。
老圃經年培沃土，春來且看百花鮮。

課孫樂

我孫傅斯同，幼小識其聰。琢磨或成器，親自爲啓蒙。
三歲誦詩句，琅琅應黃鐘。四齡背勸學，千言盡在胸。
撫琴學樂理，半載工尺通。攏撚自在手，聲旋嶺千重。
八歲參大賽，登臺不改容。一支田園曲，褎然冠群童。
我父愛絲竹，我亦承家風。箕裘既傳後，餘生百慮空。
課孫樂，
樂無窮。
故鄉宜歸去，還做田舍翁。

二〇二〇年七月，長孫傅斯同參加北區文化盃大提琴演奏比賽，榮獲國小低年級組第一名。

孫女頌

一元復始喜臨門，晚歲添孫事可珍。
二零一八梅如雪，仙姬送子下凡塵。
辰逢一月初八日，一十八時十八分。
巧數諧稱一路發，料應長是有福人。
當日寒風拂衣袖，濛濛煙雨罩黃昏。
因雨取名傳斯予，兼感皇天賜予恩。
相看肖我傳家臉，合當作我傳家孫。

其母初看嫌其醜，不類自己襁褓身。
嬰房護養經一月，額覆青雲頰泛暈。
朱唇皓腕眉如黛，脂膚玉質香可聞。
十指纖纖似春筍，雙眸閃閃欲有言。
族親簇擁爭捧負，依呀婉昵無晨昏。
八月學爬周歲立，立而學行不畏煩。
扶牆開步自有道，屢仆屢起益堅貞。
繼有嬰兒抓週戲，孫女所擇志不羣。
童玩十數羅堂上，逕抓毛筆意不紛。
物換星移越二載，果然性喜聽詩文。

能誦唐詩三十首，言語吐詞日日新。

近來喜學畫眉舌，學成雙曲不經句。

往事難忘堪惆悵，長亭送別更銷魂。（註）

夏去秋來冬且盡，孫女年將滿三春

人言凡小皆可愛，混沌未鑿保天眞。

小時了了未必好，所願將來志得伸。

嫩籜香苞人不剪，他年拔地自凌雲。

註：往事難忘，西洋歌曲long long ago；長亭送別，西洋歌曲「送別」，李叔同作詞。

題彩色中華名畫輯覽贈師大美術系學生鄭桂枝

其一

中原北望物華殊，賸有殘山入畫圖。
董巨荊關今若在，料應慟哭失歸途。

其二

世事至今無可論，全眞端合隱荒村。
丹青畫出乾元氣，默運天心道自敦。

其三

北溥南張今已矣，主盟來日復何人。
松枝傲兀寒風裏，知子丰標堪絕倫。

鄭生以所繪松風圖見贈，霜姿傲骨，節概盡出，余甚賞之。

贈別花蓮巡迴班諸生

共硯才踰月，情親似同袍。花蓮千山外，跋涉不知勞。
相偕披墳索，時與古人交。古人雖已遠，典型久彌昭。
偉哉孟夫子，不赴帝王招。良知鍼末俗，浩氣凌九霄。
巍然中道立，亙古一人豪。清逸王摩詰，皎皎如冰雪。
朝遊終南山，夕攬輞川月。月下李太白，飲酒多風采。

醉筆清平調，風流傳千載。一朝不得意，行吟遊四海。
偶來敬亭山，獨坐樂不改。堪憐杜少陵，蹭蹬身如萍。
兩川兼三峽，一葦下洞庭。江南春正好，鷗影尚伶俜。
莫嗟杜陵叟，我亦飄零久。書劍兩無成，俯仰愧師友。
此行獲良朋，才高皆八斗。篤志聖賢書，啟我良獨厚。
厚我能幾時？冉冉春已遲。感子意惆悵，臨歧淚欲滋。
遠望奇萊山，迢遞暮雲寒。相憶知何處，月下一憑欄。

臺灣師大國文系為便利東部學子進修，特假花蓮師範學院開設「巡迴班」，進修學員為早年師範科畢業生。利用周末假日及暑假修習四年，授以文學士學位。

題畫贈陳文華教授

陳文華教授，廣東梅縣人。國立臺灣師範大學國文系、研究所畢業，獲博士學位。先後任教於師大國文系、淡江大學中文系。從汪中老師遊，工詩，風華醇美，有唐人姿致。

此鄉無何有，但見樹崔巍。亭亭如翠蓋，矯矯出塵埃。
靈秀鍾造化，丰標與俗乖。寢臥涼陰下，心隨白雲開。
匠石不肯顧，謂是散樗材。繩墨無所施，荒陋等草萊。
人間無伯樂，終古失澹臺。

陳菱英同學遠自西雅圖寄送一大魚，並告以將有返臺之行。

跨海迢迢送一魚，隆情直勝萬行書。
舊巢聞有新歸燕，細數星辰到歲除。

金門趙惠芬女棣傳信問安，口占四句答之

隔海傳音信，望雲憶惠芬。春來身尚健，夢想到金門。

致趙惠芬女棣

春暖到冬寒，天涯屢問安。幾回明月夜，夢繞料羅灣。

寒、刪合韻

聞金門趙蕙芬女弟獲博士學位

趙惠芬，余民國八十年在私立靜宜女子大學中文系所教之學生也。畢業後回金門，先後任教於金門國中、高中。又帶職進修於銘傳大學金門分部應用中文系博士班。以十年之功夫撰成《白居易詩歌閒適意象之研究》一論文，獲文學博士學位。

惠芬青勝藍，十載苦猶甘。寺北春方暖；潯陽酒已酣。
樂天閒適語，夢得笑談參。詩境無窮事，從今好共探。

寺北，杭州西湖孤山寺北也。白居易〈錢塘湖春行〉詩云：「孤山寺北賈亭西，水面初平雲腳低。」潯陽，白居易〈琵琶行〉詩云「潯陽江頭夜送客」，又云：「春江花朝秋月夜，往往取酒還獨傾。」

贈黃勤媛女弟

中秋前八日，勤媛約聚餐，余贈以自種芭蕉。

中秋盼月久低徊，且把芭蕉慰遠懷。
此物尋常何足貴？自家園裡自家栽。

中秋前二日題照贈西子號西子

梧桐葉落近中秋，幾度憑欄憶舊遊。
最是西風明月夜，一簾幽夢到杭州。

題照贈桂林導遊陸芳小姐

照片中陸小姐倚欄而立

南溪園裡喜逢君，一去灕江勞遠神。
料得桂林花正好，香風沉醉倚欄人。

題照贈南京導遊王曉春小姐

風候初寒思曉春，鍾山春曉更宜人。
願移紅豆生庭下，一度花開一憶君。

題照贈西安萬小春小姐

一別長安歲月遒，夢魂猶繞古秦州。
當時樓上唐妃影，化作書窗點點愁。

懷舊

師大國文系七十九級（民國七十九年畢業）學生相約於十月十一日重聚於師大，上距驪歌初唱，整三十年矣！為賦七律一首。

一別紅樓三十年，年年歲歲夢魂牽。
東籬詩酒堪回味；西蜀文章最可憐。
往日弦歌聲杳杳；今秋庭院草芊芊。

紅樓聞道重相聚，坐對書窗夜不眠。

海南大學文學院周偉民院長邀請赴海南大學開會，想見東坡當年渡海之情景。

杳杳蒼穹並海藍，天涯何處是瓊儋？
帝憐荒甸無顏色，故遣文翁到海南。

師大國文系八十級生畢業三十年返校團聚，余忝爲業師，受邀參加，感而賦五律一首。

別來三十載，重聚校園中。乍見驚霜鬢；憑聲憶舊容。

殷殷談契闊；娓娓敘相逢。多少紅樓事，笑隨江水東。

重遇師大學生陳惠玲

陳惠玲，師大國文系七十六級畢業生，闊別三十四年，不意在志平講壇「紅樓夢」課堂上重逢。又師大亦紅樓也，故稱兩紅樓。

一生兩度夢紅樓，誰與惠玲堪比儔？
不料悠悠三十載，重開絳帳又從游。

重遇師大學生李文蓉(註)

文蓉與惠玲為師大同班同學，同來志平講壇聽課，師生重逢，信可樂也。

文蓉原住荖濃旁，中歲移居飛鳳陽。
我本鳳陽耕牧子，喜聞師弟變同鄉。

註：李文蓉，高雄美濃人。任教於新竹科學園區實驗中學，並在該校退休。現居芎林鄉，在飛鳳山的南麓。我家亦在芎林，故書室取名為飛鳳山房；而所著詩集名為鳳陽牧歌也。

答麗君 二首

易麗君女士，湖南湘陰人。畢業於師大國文系，任教新竹女中直至退休。

其一

有情無跡本相通，深佩高明點化功。
孤鶩落霞王勃句，麗君堪與嘯長風。

其二

湘女才高語不虛，飛鵬原是北冥魚。
摶飆水擊三千里，直探環中太素初。

麗君電傳手插鮮花一盆，謂已歷十天而仍花紅葉綠，葉下尚有二朵小白花云。

紅頰青羅白玉環，春江越女浣紗還。

盈盈脈脈窗前立，直教吳宮無玉顏。

王嗣芬學友電傳其住宅中庭花開盛況

中庭景不羣，紅紫各繽紛。
許是梳妝罷，故應光照人。

周銘小哥電傳台北植物園荷花盛開之景，並云常來此地緬

懷師恩

滿園菡萏舊池臺，白髮依然入夢來。
林木高高芳草地，年年仰止幾徘徊。

史記讀書會學友黃文玲、王嗣芬、黃玉玲三人聯袂遊阿里山

阿里山上三人行，可惜中間無我師。
穿林不見桐花落，看山應憶小峨眉。
雲裏盤旋君去遠，小園獨立久神馳。
二月前曾同遊峨眉、賞桐花

阿里山傳來照片，三姝立於修篁下

修竹千竿隱碧霄，佳人小立意逍遙。
林間眾鳥高飛盡，顧影自慚歸故巢。

又傳來彩虹橋照片

其一

聞有雙橋名彩虹，橫空高臥萬山中。
去年乘興遊東埔，踏破芒鞋竟不逢。

其二

天外無端掛彩虹，宛然山裏遇虬龍。
宿願衹今留泡影，相看猶如夢裏逢。

嗣芬著紅衣立於玉山之麓，宛然仙子也

雲嵐縹緲罩層峰，必有仙姬在此中。

頃刻天青雲霧散，瑤臺果見袖襦紅。

衆姝立於亭中，獨嗣芬在亭外隻手拜揖，憑欄而笑

天宮降女立亭中，淺紫嫣紅各不同。
借問亭邊揖拜女，爲誰憑檻笑溶溶？

戲贈三姝

儷影花前思悄然，人間何幸遇天仙。
天仙得見滋遺恨，恨不晚生三十年。

領諸生讀莊子

學子同心物外遊，星移斗轉一年周。
但知芳草窗前綠，不省先生已白頭。

聆朱嘉雯教授說紅樓夢

清照文姬無可分，榮寧府裏識嘉雯。
莊生坡老欣同好，更愛紅樓話雪芹。

朱教授云，喜讀莊子與東坡詩文。我於志平講壇，亦正好開講莊子與東坡也。

一　寶島行

登五指山

五指山矗立於新竹縣五峰鄉

山深小徑斜，古木綠交加。聲好尋無跡，香清知有花。
白雲慵出岫，陶令遽思家。回首結廬處，溪邊好種瓜。

過汶水訪獅潭弘法院

獅潭木落燕南翔，舊地重來似故鄉。

紅瓦數椽臨翠谷，黃花一徑入禪房。
自傷案牘容顏老，坐羨桃源歲月長。
何日還居汶水上，教從摩詰嘯幽篁。

登獅頭山 二首

其一

萬豁千山一徑通，西風瑟瑟半林紅。
心凝渾忘征途遠，回首家山夕照中。

其二

一山黃葉舞翩翩，半落危崖半髮巔。

小鳥也知酬歲月，清歌傳唱到前川。

獅頭山聽梵

半生書劍兩無成，來聽獅山梵唄聲。
洙泗泥洹原可至，可憐身世太營營。

獅頭山開元寺

廟前黃葉落紛紛，小立庭階看入神。
豈爲榮枯無所住，故留枯梗向禪門。

苗栗鯉魚潭

潭西築一堤，亦名蘇堤。

水色山光一鑑明，蘇堤草軟布鞋輕。
西湖夢裡差相似，只欠湖東柳未青。

白樂天〈錢塘湖遊春〉詩云：「最愛湖東行不足，綠楊陰裏白沙堤。」

東埔登山

參加大學同學會作

清曉步天梯，迴腸曲欲迷。長條拂肩頸，細蔓絆腰臍。

仰視山峰聳，回看雲腳低。重巒青未了，壯與岱宗齊。

遊峨眉湖

千頃平湖一鑑開，白雲紅樹影徘迴。
柳陰一舸凌波去，疑是錢塘入夢來。

錢塘指錢塘湖，即杭州西湖。

北海行

一九八三年七月，率師大基層文化服務隊下鄉服務。隊員學生四十名，男女各半。服務區域包括萬里、金山、石門、三芝、淡水、林口六鄉鎮，皆臨北海也。

人生遇合有誰知？宜似丹楓變四時。
春夏青青耀朝日，秋風乍起便辭枝。
或隨流水杳然去，海角天涯任萍移。
縱遇迴風騰空起，升沉轉徙不自持。
或逐驚飊作孤旅，逾垣入户墮玉墀。
佳人永夜愁不寐，拾取珍藏寄相思。
我亦丹楓一片葉，秋來作伴逐風馳。
去年八月初一日，無端飄蕩到三芝。
三芝又號小基隆，終歲不絕雨和風。

縱有朝陽生海上，須臾又見霧迷濛。
是日我來物候殊，煙斂雨收日燦如。
岡原朗朗雲出岫，禽鳥翩翩草木舒。
碧波迤邐萬頃開，隴田高下百層迴。
不必浮雲蔽白日，亦令遊子澹忘歸。
忘歸不惟景物好，眷懷還應數父老。
胼手黧面事桑麻，世事升沉渾不曉。
諸生小子奉上賓，佳餚盈案勸酒頻。
有司群吏亦可親，德澤不僅在庶民。
聞道我輩來問訊，邀集縉紳列座迎。

座中有女蓮出水，兀舉孤芳向晚晴。
萬卉已隨秋光老，獨此一枝尚盈盈。
搴裳升座多風采，鳳鳴高岡四座驚。
鄉紳告我語聲細：此即吾鄉女書記。
全國鄉鎮三百餘，獨爲三芝開風氣。
我聞此語暗稱奇，巾幗果然勝鬚眉。
宴罷登程各歸去，月夜馬蹄尚依依。

冬日尖山紀遊

昊天失常序，兼旬雨如倒。八表昏欲沉，通衢沒流潦。

忽然轉晴和，一陽虛萬竅。乾坤含光輝，悒鬱皤然掃。
向晚上尖山，山巔餘返照。玉桂夾路迎，幽香襲懷抱。
暮禽翩然歸，雌雄相顧笑。隔葉傳好音，若聞歌古調。
松鼠據高枝，得食交呼告。乍驚人語響，曳尾疾騰跳。
重葛昧節候，冬來彌熠耀。密密疊瓊英，誤認時已到。
杜鵑亦著花，驚呼出預料。凜凜歲未闌，安得春意鬧。
穠豔山芙蓉，佳名世所好。麗質誰得似，西子年方少。
牽牛殊多情，攜花鄰枝繞。何異靚少年，倚橋紅袖召。
無情是相思，濃陰遮行道。道上有離人，任伊躬自悼。
木棉氣象雄，花國第一號。蓄勢待來春，空中燃蜂炮。

鳳凰解守拙，繁華都不要。一樹硬槎枒，無畏朔風暴。

孤高數王椰，矯矯絕依靠。翼然出林梢，凌霄攬夕曜。

朝槿通消息，揚華傍古廟。黃昏捲而藏，朝來開若燎。

巖壁鋪青苔，葭葦生其墺。纖軀立亭亭，白頭垂皓皓。

小花不知名，亦有出塵貌。紅紫各繽紛，甘居在泥淖。

最愛變葉林，終年葉不掉。爛漫著綵衣，造化窮神妙。

尋幽至東岡，回首一瞻眺。群山霧色昏，萬象盡籠罩。

颯颯谷風來，松竹皆自嘯。山水有清音，軒冕難寄傲。

此中寓眞意，孰能窺全豹。榮枯隨四時，苦樂由心造。

塵網縱橫加，豈容人計較。不如早還鄉，薄酒聊自勞。

十八尖山在新竹市之東郊，有環山步道，寬約五米，主要入口有二：一在博愛街底商校大門轉角處，一在高峰路前端。步道隨山勢蜿蜒，坡度甚緩。夾路花品甚多，玉桂、杜鵑、含笑、山芙蓉等不勝枚舉。兩旁路樹枝枒相交，隱天蔽日，步行其中，涼爽宜人，每逢假期，遊者如市。

新竹壹同寺

光昭寶剎慈雲蒸，雙象巍峨法雨興。
普利眾生弘十界，菩提正覺自在行。

壹同寺在新竹市，近青草湖，曾為高僧印順法師住持之所。師圓寂後遺骨安厝於此。寺有女學，曾聘余之內人江雲嬌女士擔任教席，教女眾文學。此偈乃修改該寺現任住持原稿而成：

七彩豪光照寶剎　雙象穩固法眾興
普利眾生遍法界　成就菩提皆自在

十八尖山遊春

尖山雨霽鬱蒼蒼，玉桂臨風送晚香。
偶佇高岡凝望眼，春雲春樹思茫茫。

與諸生遊碧潭

碧水悠悠潭影清，晴光冉冉入江亭，
秋山聯袂如相語，歸鳥攜雲爲一停。
道韞有才吟柳絮，蕭郎無夢到功名。
江南遍是怡情地，好駕輕舟向晚汀。

紗帽山

紗帽山前一徑幽，每逢勝處暫凝眸。
此身合是他鄉客，爲愛蒹葭任溯游。(註)

註：時當秋季蒹葭蒼蒼

與史記讀書會諸生遊坪林，有人酣醉

羣賢少長喜同遊，春到坪林翠欲浮。
醉臥酒鄉呼不醒，溪山鳥雀記風流。

二 金門行

海上望神州

艨艟巨艦出高雄，迴望蒼溟碧色同。
萬里神州何處是？船頭坐對夕陽紅。

料羅灣登岸

百戰灘頭血猶鮮，纔下羅灣意肅然。
天道未亡存此土，遺民久盼定三川。
卅年生聚還餘淚，一舉出征須靖邊。
迢遞密雲橫岸北，不遮魂夢到幽燕。

登太武山　四首

其一

太武聞名久，登臨一愴然。遠帆停泊處，應是舊山川。

其二

岱嶽終南夢久違，登臨無處不思歸。
中原只在江灣外，空見群鷗自在飛。

其三

浮海西來無限意，還如屈子賦懷沙。
傷心最是登高處，不見長安見落霞。

其四

太武雄關天下重，孤懸海上作長城。
古寧頭外風雲惡，細柳營前氣勢閎。
北望長懷宗澤計，南遷應識放翁情。
中原此去纔容葦，電掃燕都未用驚。

三　大陸行

桂林伏波山

伏波山矗立漓江之濱，其狀如柱

桂林三日雨滂沱，萬里來尋馬伏波。
千古威名何處識？江干一柱立嵯峨。

蘇隄

十里平湖涵萏開，鎖瀾橋上獨徘徊。
東坡當日親栽柳，引得清風拂面來

蘇州

杭州行遍到蘇州，千載名城眼底收。
文物光華猶古意，烽煙斂盡正清秋。
欲尋眞趣遊獅苑，爲仰生公上虎丘。(註)
可惜前朝無限事，空餘河水去悠悠。

註：蘇州「獅子林」為名園之一，據言乾隆遊此，題真有趣三字而去，今只存真趣二字。

謁中山陵

中山陵上雨初晴，松柏蒼蒼照眼明。

草木似猶知偉烈；煙霞長爲護英靈。
仁兼湯武除苛政；志紹唐虞開太平。
天道不還年不永，回看臺海淚將傾。

明孝陵

孝陵初到意蕭條，痛史斑斑恨未消。
國祚自隨丞相廢，惟憑石馬認前朝。（註）

註：黃宗羲《明夷待訪錄．置相》云：「有明之無善治，自高皇帝廢丞相始也。」

長陵

孝陵謁罷謁長陵，想見亭林當日情。（註）

故國幾番傷往事，陵前依舊柏青青。

註：顧炎武詩云：「問君何事三千里，春謁長陵秋孝陵。」

長城

萬峯頂上列雄關，四十年來夢寐間。

八達嶺前臨絕谷；居庸關外峙重山。

但憑危嶂一夫守；不教匈奴匹馬還。

撫遍敵樓牆上石，始知邊塞計多艱。

故宮

金殿巍峨御道寬，當年丹陛列千官。
兩朝人去雕欄在，獨立斜陽感百端。

曉上峨嵋

峨嵋曉上半山中，往復不知西與東。
鳥語蟬鳴聲滿谷，漫隨流水去淙淙。

曉發萬縣

曉行山色有無中，渺渺孤星在遠空。

滿載一船行客夢，遙遙直下大江東。

入夔門

晨風輕拂岸輕移，江水漸東山漸奇。
一入夔門千嶂出，怒沖霄漢競高低。

赤壁

赤壁橫江水接天，舟人指點話從前。
可憐百萬曹營卒，不敵江東一少年。

赤壁到武昌

遙想長江四十秋，今看江水拍船頭。
九州由此分南北，兩岸憑誰辨馬牛。
赤壁已銷銅雀夢，白雲猶在錦花洲。
渝川東下三千里，萬古風雲一槳收。

贈西子號西子

西子號者，杭州與南京間通行火車之名也。一九八八年八月某日，與朋友數人自杭州共乘西子號赴蘇州，車上有服務小姐，皆杭州佳麗，明眸皓齒，倩影翩翩，一座驚嘆，呼為西子，並謂當有詩以記之，因戲為古風，於蘇州下車時，當面贈之。

朝辭杭城去，登車赴蘇州，車名西子號，行陸如行舟。
當窗設虛幌，宛若流蘇帳。下敷紅氍毹，美人步其上。
頭綰綠雲鬟，身著碧羅緞。微笑動明眸，一座皆驚嘆。
翩然迴身去，明窗忽黯澹。須臾出門楹，素手端茶迎。
殷勤待賓客，顧盼如有情。昨在西湖時，曾經見西子。
西子如天仙，宛在水中沚。今夕復何夕，天仙在咫尺。
諸君雖危坐，皆爲不自持。戲言今一別，且當長相思。
願此西子號，永無到站時。我自四十後，無夢亦無詩。
對酒思三徑，臨池慕羲之。豈意當此景，心湖起龍螭。

原來我亦性情人，不愛軒冕愛西施。
人人盡說桂林好，我寧相伴杭州老。
古今無限滄桑事，付予煙波一棹了。

絲路　二首

其一

行行復行行，東方天漸清。須臾晨曦見，紅霞隱眾星。
山頭戴積雪，皚皚相送迎。

其二

車行至鄯善，朦朦日未出。大地猶沉睡，獨我睡不足。

起坐眺遠方，不辨山與谷。隱隱沙磧中，燈火細如燭。

赴洛賞牡丹而牡丹落盡矣 二首

其一

萬里飛來爲異姿，滿園空見落花枝。
暮春三月原非晚，國色由來難自持。

其二

聞道姚黃滿洛京，也隨坡老訪瓊英。(註一)
兼程萬里非無信，轉恨花無抱柱情。(註二)

註一：姚黃，牡丹花品名也，為黃家所栽者；與魏家所栽者並稱姚黃魏紫。

註二：蘇東坡詩云：「對花無信花應恨，直恐明年便不開。」

大理

點蒼山上雲如雪，洱海之濱柳似煙。

一路花開無四季，不知今夕是何年。

登北邙

未到洛陽思北邙，梁鴻五歎意堪傷。

兩京寥落行看盡，萬姓劬勞尚未央。

稷麥已連天遠近，隴岡不復冢低昂。
撫膺踏遍邙山路，我亦唏嘘一斷腸。

開封謁包公祠

折獄匡時秉赤衷，浩然正氣盪吾胸。
天公有愛憐孤弱，故遣宗臣尹大封。

侍陳師新雄遊蘄春

念載從遊情益深，中原旅次共長吟。
名山勝跡爭供眼；斷石殘碑亦快心。

論學渾忘征途遠；談詩不覺曉寒侵。
蘄州風物多靈秀，展謁前修感不禁。

歷山謁舜帝祠

歷下欣瞻舜帝祠，長懷煦煦阜民詩。
南巡不返緣何事，墜緒茫茫不可知。

無錫玄學會議

江南春日好，傾蓋太湖濱。
坐看風帆遠，還聆簷鳥親。

玄言追晉宋，逸想出邊垠。
不必羲皇上，憑軒足忘身。

合肥謁包公祠

曾於青史鑑孤忠，今拜遺容古廟中。
不見河清終不笑，貞剛直是後凋松。

到聊城

孤蓬橫海到山東，故郡清河在眼中。
身寄聊城非過客，狀元府第舊家風。

我家祖堂曰清河，故郡在河北與山東交界處。聊城今存「狀元府第」，為清定鼎北京後第一位狀元傅以漸之故宅，已故臺大校長傅斯年為傅以漸六世孫，即生於此。我家遠祖，或亦出於此乎？

巫山月

前日巫山遊，曾見巫山月。巫山白雲多，銀鉤半明滅。
江上清風來，心曠世緣絕。一夕不思眠，並坐五更徹。
長願人影雙，共此秋皎潔。轉眼一句過，今逢中秋節。
巫山月已圓，並坐人離別。徘徊一室中，諸事無可悅。

臨風憶長江，悵悵心百結。秉筆寫愁心，桌案冷如鐵。
相憶不相聞，中夜肝腸裂。

四　歐美日韓

奧地利哈爾斯大　三首

其一

群峰環抱路蜿蜒，百轉忽臨碧水邊。
眼底雲山皆倒置，乍疑身在雪山顛。

其二

斯景曾經見畫圖，依山臨水小城孤。
疑幻疑眞渾莫辨，載影歸來夢一湖。

其三

阿爾卑斯萬丈峯，千年積雪一江溶。
桃源不似人間世，回憶還如夢裡逢。

阿爾卑斯山

不是秋來不是冬，何來積雪罩山峰？
摩天蜀道無飛鳥，太息詩仙筆亦封。

威尼斯

行舟都市久傳聞，樓閣縱橫夾水分。
北往南來棹歌起，穿梭買賣代耕耘。

溫哥華乘遊輪至格陵威治

孟秋遊美加，首途溫哥華。此城馳名久，繁華信不誇。
輪船大如山，巍然泊港灣。起錨向北行，直至北極圈。
船上雲遊客，皮膚五色全。人言如鳥語，相視意難傳。
此行逕千里，十天半月還。船頭看日月，艙裏度三餐。
扶舷極望眼，所見皆冰川。冰川亘萬古，見之信有緣。

想像洪荒世，寒暑不記年。始知紅塵裏，百歲一瞬間。
奈何如醉夢，不知陵谷遷。紛紛強爭鬥，失意有誰憐。
聞有老富婆，養老開先河。畢生所積蓄，船上買一窩。
餘年寄滄海，浮沉聽碧波。兒女不復顧，功名付嘯歌。
乘化以歸盡，笑看白雲過。人生滔天浪，回視殊委蛇。

自格林威治至西雅圖

格林威治起征途，雙翼扶搖西雅圖。
眼底山川銀世界，雲間虹彩玉珊瑚。
飛航遙見波音廠，飲品早聞巴克爐。

薈萃人文多創造，繁華不愧是名都。

韓國安東郡陶山書院　三首

其一

衣冠純樸安東郡，從古人稱禮義鄉。

其二

洙泗退溪同一脈，原泉滾滾自流長。

秋光冉冉照宮牆，萬木叢中書院藏。

其三

聖學東傳留勝地，退溪雖去尚餘芳。

格物致知承紫陽，陶山書院樹綱常。
秋風颯颯山門立，彷彿身臨齊魯鄉。（註）
註：書院山門，矗立一巨石，鐫「齊魯之鄉」四字。

慶州二樂堂雙石盆

玉殿階前雙石盆，當年夜夜浴香盆。
長門一閉恩情斷，剩有悲傷滿石盆。
慶州二樂堂有雙石盆，盆緣刻有一詩，通體一字韻，殊為特別，錄之如下：
二樂堂前雙石盆，何年玉女洗頭盆？

洗頭人去蓮花落，留得蓮香滿石盆。

慶州天馬塚

天馬塚者，帝王墳塚群也。

韓國慶州風景殊，秋來紅樹一株株。
江山如畫仍遺憾，高塚連山草已枯。

韓國人採柿子，不全採光，特留一小部分於樹上，供喜鵲啄食過冬，以免餓死。此仁民愛物之胸懷也，可敬可佩！

深秋紅柿滿枝枒，佳味由來眾口誇。

不肯每叢皆採盡，好供喜鵲度生涯。

初到日本 二首

其一

相傳徐福避嬴秦，遠渡扶桑滄海濱。
塵世從今無魏晉，怡然長作武陵人。

其二

高樓鱗次靜無塵，揖讓成風仁可親。
太息中原喪亂久，不知誰復漢唐人。

福岡街頭

幾回東渡到扶桑，每歎淳風似漢唐。
佇看街頭來往客，猶疑身在舊家鄉。

山口縣

頻頻出宰相，山口久馳名。明治維新政，光芒未用驚。

馬關

甲午修盟百十秋，馬關今到尚含羞。
當年景物宛然在，宰相料應慚上樓。

肆　閒情賦　抒所懷也

讀史

百戰中原收故京，旋看蟻賊滿都城。
宋庭只管顧妻子，誰識放翁一片情。

讀禮記至夜闌，忽聞雞唱。

彌綸六籍敷名教，細數當廷無此人。
滄海橫流誰管得？荒雞聽罷淚沾巾。

庚子浩劫並序

二〇二〇年四月二十八日

漢末董卓弄權，天下大亂，有蔡琰「悲憤詩」泣訴遭遇。唐玄宗寵楊妃，幾至傾國，有白居易「長恨歌」諷詠其事。安史之亂，有杜甫「北征」、「三吏」、「三別」反映事實。唐末黃巢造反，生靈塗炭，有韋莊「秦婦吟」細說喪亂。明末吳三桂「沖冠一怒為紅顏」，以致山河變色，有吳偉業「圓圓曲」為之浩歎。今年冠狀病毒肆虐，禍延全球，四海糜爛。如此浩劫，遠甚前代，豈能無歌詩以誌其痛？於是以七言歌體作五十韻，長歌當哭，亦白居易「諷喻詩」之旨也。

萬方多難庚子年，此年浩劫難言宣。

開歲正當萬家慶，忽傳魑魅影翩翩。

何方鬼物冠狀毒，毒火遥向武漢燃。

武漢名城千載著，封城閉户頃刻間！
黃鶴樓中客盡去，鸚鵡洲前渺人煙。
江水幽幽聲嗚咽，長街寂寂月色寒。
城中日夕悲聲起，牽衣頓足但呼天。
呼天不應雲慘慘，慘絕人寰淚眼穿。
病人被驅如雞犬，生離死別不忍看。
杜門無食渾閒事，更有椎心倍萬千。
或錮重樓門反鎖，或被集中火神山。
或有顛仆死道路，或竟斷氣醫院前。
日積屍體如山海，夜聞號哭似鬼喧。

焚化爐中燒不盡，靈車柩輦沒路塡。
哀哀生民竟何咎？罹此禍殃受熬煎！
豈無良策免此累？逕教同胞一體殲！
嘗聞有國有家者，憂勤莫如牧民先。
民貴君輕古有訓，爲政無信政乃顚。
惜乎執政不悟此，遇事但求穩政權。
政權既穩帝位保，管他蒼生命如懸！
鸚鵡弄舌成籠鳥，子民被禁如檻猿。
遂令百官與百姓，道路以目莫敢言。
回思病毒初起日，亦有先知與先賢。

忠純卓識李文亮，預言此毒必廣傳。
奈何長官怕事甚，誣指惑眾亂文宣。
不但不思防毒策，反令悔過還上簽！
至今大禍難收拾，流毒不單在中原。
轉徙流傳經三月，席捲中東復西遷。
橫掃波斯留荒塚，旋又乘風到米蘭。
英倫三島皆不免，堂堂首相病懨懨。（註一）
歐美本是文明國，衛生有道先著鞭。
只因富樂承平久，紛紛失措喪黃泉。
花都香榭無人影，邁灣勝地只空灘。

往日繁華歌舞地，夜來不復舞衣鮮。
四海之內皆兄弟，睹此光景亦難眠。
桃李花開春正好，誰復賞心聽管弦！
君看華夏五千載，興亡歷歷在史篇。
文景殷實皇祐富(註一)，含哺鼓腹安且閒。
洎乎漢末與明季，上下交征慈愛捐。
禮崩樂壞天下亂，激起黃巾與白蓮。
從此中州華夷共，五胡相繼據幽燕。
更有北方女眞族，入關南下規幅員。
莫恃科技精識面，防民之口甚防川！

籠鳥檻猿一時否，冥冥自見天道還。
天道垂象示炯炯，智者觀象懲其愆。
中華本以仁愛著，惟誠惟信恥欺瞞。
載覆之機民爲主，機關恁密豈萬全？
皇皇典型在夙昔，盛衰之理非虛玄。
寄言全盛當權者，唯有敬天愛民修誠講信庶幾得自寬。
註一：英國首相強生染疫確診。
註二：皇祐，宋仁宗年號。

觀神州變色時人物紀錄片有感

浪花淘盡眾英雄，依舊滔滔江水東。
故國幾番風雪後，西風殘照滿川紅。

小園

家有小苑，山茶與玉桂並開，重葛與扶桑一色。日涉其中，有衡門之思焉。

小園秋已盡，花木尚扶疏。篁竹引高節；藤蘿上碧除。
石榴時一採；山鳥亦相呼。白日南窗下，群芳美可茹。

小苑春來

小苑尋花去，群芳次第開。悄然花下立，蝴蝶繞身來。

小苑紫藤花開

一藤紅束桂枝腰，花影橫斜分外嬌。
誰謂四時春最美？小苑秋來勝春朝。

秋來驚見小苑梔子花開

小苑秋來葉未黃，梔花皓皓綻孤芳。
群英莫不爭春早，問爾爲誰待歲涼？

松花頌 三首

其一

紅紫繽紛五色全，松花獨佔早春先。
經冬不謝貞剛性，別具溫柔冰雪天。

其二

百卉爭妍綠映朱，乾坤改歲物華殊。
松花不假丹青手，一樣丰姿入畫圖。

其三

凜凜霜寒近歲除，梅花皓皓縱橫舒
回看松嶺枝頭色，冷淡沉吟歎不如。

題孫少英先生所繪喜牛迎春圖　二首

孫少英先生今年（二〇二一）九十一歲，臺灣電視公司插畫組主任退休，身體硬朗，出外寫生不輟，為知名水彩畫家。

其一

遠山如帶草如茵，水滿陂田泥滿身。
爲問農家誰最苦？耕牛曳耒度晨昏。

其二

陂田百畝傍山丘，春事耕耘秋乃收。
日日盤飧功不匱，半歸農父半歸牛。

題孫少英先生畫老狗守舊廬圖

廣廈他鄉萬石儲，故居寥落久荒蕪。
當門只有思家犬，猶自拳拳守舊廬。

玉蘭殘葉詠

友生易麗君盆栽玉蘭花，一日澆水，見一殘葉落於花下，因攝影寄我，請為賦詩。

課餘多暇豫，蒔花以自歡。花木栽何處？陶盆代園田。
移盆置廳室，俯仰心地寬。伴我讀陶詩，句句散襟顏。
晨昏勤沃灌，育兒餵三餐。護惜似有知，報我以清妍。

群芳紛競秀，最愛是玉蘭。穠香溢室外，眾鳥來爭喧。
美人美姿容，實資綺羅紈。綠葉光曄曄，香花玉團團。
星移斗亦轉，盛衰皆好還。少年江湖老，花木應時遷。
昨晨事澆灌，忽然心一顫。幽幽盆影下，一葉枯且乾。
想君青春日，釀香花開前。一朝辭枝去，葉黃身又殘。
何異老諸葛，瀝血披心肝！

觀查淑妝女史舞劍

陰陰微雨隱朝陽，方丈簷廊作舞場。
淑妝窄袖輕裝束，持劍亭亭立昂揚。

肆　閒情賦

靜觀無極虛六腑，澄心太和空八荒。
混混茫茫一陽起，灝氣周身弓始張。
輕移踵步徐蓄勢，倏爾迴旋生風涼。
飄影迅如穿雲燕，鋒芒燦若閃電光。
作勢屈伏方委地，忽然騰趠指項莊。
目掃四周身左顧，右刃已刺敵心防。
劍花飛舞撇復捺，張癲狂草寫詩章。
高下橫斜出不意，眾敵倉皇難躲藏。
祖逖起舞志慷慨，延陵掛劍意芬芳。
斯舞薪傳火不熄，如今又見公孫娘。

返鄉 三首

其一

白雪侵雙鬢，離鄉歲月深。繁華飽經眼，不變故園心。

其二

驅駕返芎林，秋風開我襟。頭前溪畔路，寸寸是鄉心。

其三

昔年懷壯圖，投耒遊北都。同學多佳士，經師皆大儒。
文章規左馬，性理識程朱。白髮歸鄉梓，尼山道不孤。

碧潭懷舊

髫齡即作碧潭遊，華髮而今四十秋。
安得兒婚女亦嫁，五湖煙雨任扁舟。

觀「中國之亭臺樓閣」照片有感

江南登遍古名樓，勝境千般眼底收。
禹甸而今非漢朔，早應庾信淚雙流。

友人易麗君女士之次孫女見責於其母，深受委屈，低首流淚，狀甚可憐。麗君傳照片與我，並請爲賦詩。

低眉不掩玉環顏，絕勝昭君顧影憐。
手握摛文清照筆，他年詠絮一篇篇。

女蘿藤

相思樹上女蘿絲，葉密花繁不自持。
應是春心無所託，故攀林表寄他枝。

友人賴貴三教授，屏東客家人，喜蒐覽前賢手跡，見著名學者多客家耆宿，常賜示圖文，邀愚共賞，賦詩報之。

客家苗裔多翹楚，皓首窮經縫且補。
道統傳承永在心，東遷不忘師齊魯。

觀紫砂牛有懷

家有臥姿紫砂牛，自浙江宜興攜回者也。家世務農，賴牛以耕，少時常放牧於頭前溪畔，與牛殊有感情也。

自小常爲伴，前溪豐草間。黃昏牛背上，白鷺相與還。

拳友查淑妝女士關懷國事，議論黨爭，因寄「萬鷺朝鳳」影片以慰之。

該影片攝錄嘉義梅山鄉大興村白鷺群飛而南徙之盛況。每年中秋過後白露之間輒見此景。萬鷺齊飛，迴旋於山谷，飄緲如嵐。

日麗天高秋色酣，無端幽谷起煙嵐。
勸君莫管紅藍綠，白鷺青山自可耽。（註）

註：紅：共產黨　藍：國民黨　綠：民進黨

秋興

西風袪溽暑，開户覺秋涼。四季乘天運，青春無處藏。

周銘先生尋師記

周銘先生今孟嘗，千金一擲盛筵張。
爲感恩師漂母惠，設宴謝師在逸鄉。
逸鄉食以客家著，只爲恩師來客莊。
恩師客莊在新竹，關西風物甲一方。
此方望族稱范氏，仲淹一脈久流芳。
師名惠香人人識，家風遠近有令望。
八十三歲顏如玉，開懷談笑聲琅琅。
多才多福還多壽，爲有仁慈菩薩腸。
當年師範初畢業，窈窕十八一女郎。

教誨諄諄慈愛溥，永留芬芳在課堂。
一日師生遠足去，去賞園林百花香。
春衫布鞋輕裝束，載欣載奔喜洋洋。
誰知轉眼歡樂事，化作悲傷夢一場。
登車未穩餐盒墜，菜餚傾瀉滿車廂。
恩師親爲清理淨，殷殷勸慰免驚慌。
窘態雖然暫獲解，仍憂中午食無糧。
植物園裡眾樂樂，惟有周銘暗自傷。
師喚周銘且莫傷，分我半食充飢腸。
周銘愕然聞此語，食未入口淚盈眶。

推食食我如父母，矢志今生不能忘。
感此奮發自惕勵，爲報師恩更圖強。
果然學業蒸蒸上，名列前茅獲表揚。
可惜春歸夏又至，升級換師無可商。
遂與恩師苦相別，咫尺天涯不相望。
斗轉星移年漸長，圃苗育成大棟梁。
懷舊憶往無日夜，思師念師意未央。
萬人如海深莫測，不知恩師何處藏。
明尋暗訪千百度，鶯歸燕去五十霜。
皇天不負苦心人，苦盡甘來願獲償。

展轉基隆終相遇，重作師生如往常。
古今但傳子尋父，誰似周銘尋師忙。
快慰歡欣難言喻，邀請師友共泛觴。
洙泗薪火傳不絕，師道綿綿見光芒。
桃李花開今勝昔，春風十里共聞香。

周銘先生，中華民國優秀高階刑警，已退休。

觀三十年前照片

兩鬢墨痕深，斯人何處尋？尋來驚座客，白髮不勝簪！

江城子．歸情

頭前溪畔草青青，曉風輕，水盈盈。影倒浮雲，白鷺點煙汀。一去家鄉歸路遠，回首處，夢魂縈。東坡何事歎伶仃，譜新聲，意難平。覓覓尋尋，我亦久飄零。愛踏芎林石板路，非過客，是歸情。

觀拳友查淑妝所傳曇花照片

清夜曇花綻，燦如銀漢星。錦衣人所慕；自愛暗中行。

入住台北榮總作置換「雙J管」手術

何罪見推蠶室前？八旬之歲半身殘！

百篇詩作無關史，白首心慚司馬遷。

行香子．小苑書懷

日照書房，綠映籬牆。滿庭芳，薰染衣裳。禽鳴木末，蝶舞身旁。賞槿花紅，梔花白，桂花香。衡門可憩，舊事難忘。費思量，濟世無方。功名塵土，術業糟糠。恨少年頑，中年放，晚年荒。

江南好．冬日喜雨

秋涼盡，寒雨應時來。臥聽書窗聲似鼓；回看芳苑碧如苔。風雨亦心開。

小園紫藤花盛開

小園雨後一番新，紅紫藤蘿艷似春。
爲問武陵何處是？仙鄉原是在凡塵。

胡吉美班長家紫藤花又開矣

去年花含笑，花影照牆東。對花殊歡喜，曾經記笑容。
今年花又發，依舊笑融融。妝罷窗前立，人花相映紅。
春美冬亦好，賞心四季同。

詠醉芙蓉 三首

臺北大安森林公園音樂臺旁有一株醉芙蓉，花蕊顏色一日三變：早晨雪白，中午粉紅，傍晚棗紅，如靚女換妝。

其一

低眉顧影想王嬙，遠嫁單于天一方。
夢繞長安歸不得，可憐換盡漢宮妝。

其二

又似唐宮試晚妝，楊妃擅美侍明皇。
沉香亭北飄輕霧，嫋嫋春風送細香。

其三

天姿不待薦華堂，搖曳枝頭自溢香。
高士幽居宜有得，不隨浮世亂低昂。

停雲詩社

停雲詩社，汪師雨盦所創，每月聚會一次，獻詩二首。

停雲嘉會幾經秋，酒滿金樽月滿樓。
萬里山河滋逸興，六朝風月動清謳。

早行

千里有嘉會，終宵夢不成。五更殊未盡，雙睫已先驚。
起視寒窗外，萬家燈火明。巾車即長路，孤月隨人行。

行行未十里，車聲雜鼾聲。東方雖漸白，不見朝日升。
未知霧色裏，雲山第幾程。

慰汪師病

雨盦師講學暨南，往回千里，舟車勞頓可想也。

吾道南傳仗我師，不辭風露鬢如絲。
違和且喜豐暇豫，百斛明珠一瀉之。

新年

少小多暇豫，那知世事艱？常喜佳節至，遊宴樂無邊。

歲月忽如駛，倏爾雪在顛。形骸不復實，衷懷亦已遷。
佳節無所悅，春來良慨然。嘉會猥居上，銜杯怕問年。
緬思古賢哲，志學久彌堅。明德懸日月，老去何所憐。

敬題陳新雄老師《伯元吟草》

停雲酬唱幾經春，孰似吾師著作頻？
含咀風騷窮子史，琢磨聲病接梁陳。
傳經原是家風舊，遊藝還徵聖教新。
彩筆縱橫干氣象，曹劉何止語驚人。

觀故宮所藏黃子久富春山居圖

富春佳山水，迤邐一卷開。微雲生幽谷，古木插危崖。
曲徑隱復見，雁陣去還來。長汀疏林下，隱約見釣臺。
臺上人已去，空階餘碧苔。嘗聞嚴子陵，幽居以保眞。
既耕亦已種，來釣此江濱。富貴非所慕，一竿足忘貧。
流風被天下，遂使民俗淳。偉哉黃子久，畫此豈無因？
純白相與會，故爾筆有神。

以色列農夫收割禾稼，特留田塍四角不割，窮苦游民得取以充腹，濟人之德操，發於性情，殊可感也。

一生辛苦種桑麻，路見飢民忘己家。
禾稼收成留半畝，濟施窮困事堪嘉。

成功嶺贈別　作於民國五十六年暑假

臨歧自寫斷腸詩，記否輕車並載時。
舊路從今難再到，新愁別後豈相知。
纔驚戍地軍書急，已恨天涯歸日遲。
離淚偷零君莫笑，人間自是有情癡。

題照贈別 二首

其一

顧影神傷意亦傷，心期幽夢兩茫茫。

沈郎消瘦君知否，塵滿朱顏淚滿裳。

其二

飄零心事負韶光，別恨憑誰說斷腸。

休遣容顏重入照，恐驚憔悴似蕭郎。

紀夢

念載小蘋蹤，渺如出塞鴻。若何江海外，時至夢魂中？

窈窕春衫影，依稀舊日容。相看無一語，唯有淚千重。

觀友人所傳雙人舞蹈表演，憶大三時偕友參加新竹之同學舞會

薄紗如雪舞翩翩，沉醉東風憶少年。
駒隙光陰催白髮，沈園依舊夢魂牽。

漫謅 三首

其一

人若有緣自相知，若是無緣各背馳。宇宙之大，心君之渺，居然悟言

一室無已時。豈不有如仗策千山，荊棘滿野，忽然遇蘭芝。又豈不如黃沙萬里，獨行踽踽，忽遇月牙池。自從去年夏，同窗共硯，共讀文哲共讀詩。坡老既多情，放翁亦云癡。誰似莊生達，鼓盆代相思。用心若鏡無所住，萬事裕如浮雲遲。

其二

自從別君來，半載已無詩。譬彼池塘水，經冬不滿巵。

其三

獨臥高樓枕數移，經年無夢到遼西。
相逢空灑多情淚，不復當年覓句時。

思神州舊遊 三首

其一

貴陽遊罷到維揚，幾度春風幾度霜。
回首前塵無限事，關河寸寸斷人腸。

其二

錦瑟誰人解玉溪，年來心緒似秋池。
此生何事堪回憶，儷影巴山夜語時。

其三

莫道男兒鐵石心，撫箋長憶亦沾襟。
此身合是放翁後，紅葉題詩細細吟。

佳節不見月

今夕情人節，天邊不見月。應是月有情，不忍照離別。
況逢四五辰，月已圓復缺。缺月照離人，尤堪摧腸裂。
圓時傷人心，缺時教泣血。圓缺俱愴神，故爾自沉滅。
寄聲予嫦娥，感汝情味切。人間自有情，痛豈關明月。

范睢故事

故人相贈舊時裳，蓋篋輕移櫥角藏。
秋夜寒窗誰與共，一燈如豆映書牆。

採桃

春風暖暖日遲遲，一路輕車自在馳。
長坂九迴雲起處，採桃人在最高枝。

用前韻

無端對影起相思，長憶書窗問業時。
紅豆春來兩處發，可憐共土不連枝。

憶宜蘭林美步道

林美蜿蜒映碧池，蘭陽風日最宜詩。

花開陌上年年似，要記當年儷影時。

歸途經飛鳳山 二首

其一

飛鳳巍峨出遠霄，杭南回首路迢迢。
歸途最憶云何事？前日銀河斷鵲橋。

其二

雲橫飛鳳碧山腰，回首杭南百里遙。
若問歸途何所憶？迢迢銀漢渡無橋。

梁上燕

天仙渾不識天時，偶感風寒便不支。
願作仙居梁上燕，秋涼春暖報君知。

感舊

無題舊作一篇篇，展卷重讀忽隔年。
豈是年來情味少？應緣情至轉無言。

寂寂元旦

盼從魚雁慰離魂，幾度樓臺佇夜分。

底事新來消瘦甚，半緣微恙半緣君。

虞美人

與君相約黃昏後，街口相迎候。過盡千車不見君，唯有西風瑟瑟雜囂塵。須臾素月昇東嶺，照我孤鴻影。幾番音訊隔空傳，原來君在長街那一端。

鴻雁長飛光不度

杭南樂業幾盤桓，誰似亭林一寸丹。
爲問秦淮前後浪，怎堪寂寞打城還。

祈雨

人皆盼天晴，我獨祈豪雨。萬里淨無雲，此心陷囹圄。

紫蘿 九首

其一

紫蘿相贈意芊緜，一葉一莖教惜緣。(註)

從此書窗添寂寞，朝來無語夜無眠。

花瓶瓶腹書有「惜緣」二字。

其二

紫蘿墨楮兩相宜，燈下書窗默坐時。

偶然揮筆模褉帖，春蚓數行笑義之。

其三

嘗聞洛水有仙姝，秋水蛾眉曠代無。
陌上使君從五馬，紫蘿開處立踟躕。

其四

作別成都已有年，邛峽風物尚依然。
相如縱作千金賦，難抵紫蘿詩一篇。

其五

眼前何事最關情，郁郁紫蘿敷紫莖。
此去關河千萬里，倩誰護汝綠娉婷。

其六

紫蘿留伴碧窗紗，人到香江意不佳。
咫尺紅樓勞望眼，離心況是在天涯。

其七

秦女如雲美似花，繁華經眼轉思家。
遙憐窗下紫蘿葉，獨看嫦娥上碧紗。

其八

坐對紫蘿何所憶，孤雲落日古長安。
當時賴有蕭郎在，解得冰心復一歡。

其九

閒來又寫紫蘿詩，無月無風夜半時。
願作辭枝紅樹葉，淒涼一片報君知。

楓葉詠 二首

其一

芙蕖開過近秋光，且換新妝納晚涼。
堪笑君家何似我，青衫不愛愛紅妝。

其二

朔氣寒冬至，山山黃葉飛。換裁新樣款，好著待春歸。

慰落選

纔經危峽又臨灘，自古長嗟行路難。
知己相逢姑一醉，功名何害夢中看。

座上春風

文采風流出座間，憐君才貌俱清妍。
何當更踏三芝月，細說平生未了緣。

緣塵居詞：「莫道平生緣未了，羞妾貌，已非花。」

秋聲

徙倚書窗夢不成，孤檠冷冷欲三更。
秋風不解離人意，猶自蕭蕭作楚聲。

北埔擂茶

藍田日暖菊花天，北埔弦歌欲忘言。
誰謂心齋能外物，依然蝶夢舞翩翩。

回程

方才執手別，頃刻人千里。身隔萬重雲，心猶書卷裏。

感舊

坐對芙蓉萬念馳，當年曾見嫩葩枝。
餘生重見寫眞影，依舊相思似少時。

依約是湘靈

芙蕖初見久神馳，密閉牢扉人莫知。
何幸天公終解赦，湘靈不棄鬢如絲。

南投信義鄉柳家梅園梅花盛開

一身清白隱深山，自謝自開心自閒。

冷淡高棲非冷漠，爲君冒雪喚春還。

偕志平講壇主講徐秀榮老師暨生態作家林國香女士、紅樓夢專家李中玲老師、講壇弟子林鳳珠、蔡文娟、小女傅泳珍一同訪槑齋　四首

其一

新竹內灣彎復彎，槑齋未到水潺潺。
溪山綠遍紅塵外，嶺上白雲飛又還。

其二

風輕日暖上槑園，世外武陵尋有緣。

鳥語溪聲喧日夜，不知今夕是何年。

東坡詩云：「桃花流水在人世，雖有去路尋無緣。」

其三

簾外梅花三兩枝，天心默運報君知。
槑齋不似人間世，遠近雲嵐飄四時。

其四

花徑迎賓不掩門，主人好客語溫存。
天姿蘊就王維筆，畫出乾坤浩浩恩。

王維詩為盛唐之首，畫為南宗山水畫之祖。槑齋主人黃秀華女士，避疫在家習畫。畫作境界脫俗，為畫家吳炫三先生所賞。

周銘先生邀宴於坪林之鐵馬新樂園，佳賓滿座。周先生殷勤勸酒，賓主盡歡，終熏熏然臥躺於席側。豪邁之氣，人人佩服。

喜逢知己酒頻傾，豈怕樽前逕躺平！
獨笑青蓮花影下，舉杯邀月歎零丁。

文天祥生日

文天祥生於西元一二三六年歲次丙申（屬猴）農曆五月初二。我生於一九四四（也是猴年）農曆五月初二，多有巧合，故於生日特別有感耳。

朝聞夕死定無憂，誰計彭殤短與修。
耿耿孤忠文信國，一片丹心足千秋。

讀史懷嚴子陵

一絲維重萬鍾輕，誰似嚴陵物外情。
圖畫雲臺今已矣，富春江上月長清。

蘇東坡貶嶺南，獨朝雲相伴過嶺

東坡何幸遇朝雲，長幼相懸二六春。
激石奔湍渾不懼，相攜長作嶺南人。

後園花未開，一蝶獨徘徊

小園日日待花開，但見草間蝴蝶飛。
顧影翩翩無意趣，枝頭籬下幾來回。

伍　南山頌　賀壽也

中華民國一百一十年國慶賀辭

國運煌煌百十春，東山破曉起祥雲。
元亨貞下承堯朔，義利和平來國賓。
獨屹要津成砥柱，永昭青史頌洪勳。
普天齊唱卿雲曲，吉慶洋洋萬代新。

賀黃錦鋐師八十嵩壽

黃錦鋐老師，字天成，福建莆田人。國立臺灣師範大學國文系畢

業，赴日本進修，獲九州大學文學博士學位。任母校國文系教授兼

系主任、研究所所長。

古有大椿者，八千歲爲秋。大年成大智，鯤鵬異蜩鳩。

水擊三千里，摶飆以浮遊。遊乎方之外，倐然忘其憂；

唯所不能忘，人間酒一甌。偶然逢嘉會，高興結綢繆。

十觴都不醉，殷勤猶勸酬。舉座皆驚嘆，黃師最風流。

恭賀李爽秋（鎏）老師九秩晉五華誕

李老師，字爽秋，福州人。國立臺灣師範大學國文系畢業，文學碩

士。任母校國文系教授兼系主任、所長。

浩浩閩江水，東南日夜流。蒼蒼武夷嶺，靈秀鍾福州。
文公親蒞止，教化布邊陬。濂江舊書院，遺風今尚留。(註一)
則徐振衰敝，抗志定遠謀。覺民事革命，捨身締鴻猷。(註二)
煌煌先賢業，當世誰比侔？毅然繼絕學，數我師爽秋。
少懷經世志，讀書不下樓。畢生窮探賾，八索並九丘。
上庠授經史，守道天爵修。焚膏勤述作，積稿足汗牛。
平居喜書藝，臨池筆不休。蘭亭與蜀素，毫末見清遒。
學子紛仰慕，負笈遠從游。薪傳七十載，弟子遍全球。
仁者宜壽考，今歲九五周。悠遊方之外，樂與白雲儔。

註一：朱熹，諡文公，曾講學於濂江書院。

註二：林則徐、林覺民皆福州人。

雨盦師七秩華誕

雨盦師，姓汪，名中，字履安；雨盦乃其號也。國立臺灣師範大學國文系畢業。任母校國文系教授。工詩及書法，曾屢展書法於國內、日本、韓國及美國。

沂水春風詩思鮮，蘭亭蜀素逸姿傳。
和陶書翰一編出，定識吾師已忘年。

賀趙制陽老師九九嵩壽

趙制陽老師，浙江溫嶺縣人。民國二十二年生，一〇九年卒。國立臺灣師大教育系畢業。先後任教新竹中學、私立明新科技大學，專研詩經。

嵩壽華筵動舊思，思余負笈竹中時。
長河一路風帆順，爲有知津老太師。

壽鄒順初將軍七秩華誕

春風又放杏花紅，歲月忽如江水東。
寶劍多年猶熠爍；詩情漸淡轉清空。

邊關賴有將軍計；金馬還存細柳風。
願得河清人益壽，銜杯更慶九州同。

賀鄭俊彥仁兄八十嵩壽

話別花蓮卅五春，當時同是遠遊人。
聞韶習禮家風舊，毓蕙滋蘭秀色新。
居易樂天宜壽考，忘年學業益眞純。
桃花流水武陵在，且喜優游共壽辰。

鄭俊彥，臺灣宜蘭蘇澳鎮人。臺灣師大國文系畢業。任蘇澳國中教務主任。

美蘭降生七夕，喜賦五言律詩一首以誌慶。

娉婷玉殿女，七夕降凡塵。不憐仙界好；願救失途人。
撫察匡名教；還歸讀史文。升沉無限事，談笑任紛紛。

賀玄奘大學前校長夏誠華教授生日

一株濃綠一株紅，彷彿西湖行道中。
聞說夏公今壽誕，佳人迎面盡春風。

壬寅孟春正月二十五日遊新竹麗池公園，櫻花盛開，攝影而歸。歸來聞今日為夏誠華校長生日，乃於「史記羣組」貼適才所攝相片，並賦詩為壽。相片中一株紅櫻豔發，背後一株濃綠喬木為襯，下臨麗池，風景幽美，又適有學生著和服來會，欣然有斜川之趣焉。

北京王新波五十初度口占

高樓嘉會起清歌，五十生辰意若何？
料得明朝酒醒後，不堪相望隔山河。

賀周銘先生七十二歲生日

七十年前三月三，人間誕降一奇男。
學書論劍尊師道，文質彬彬青出藍。

賀易麗君、吳昱瑩二賢女棣生日 二首

其一

麗君情共昱瑩親，南北雙魚並壽辰。
相忘江湖無歲月，只知今日又逢春。

其二

新詩寫罷自長吟，始覺賀詞欠細斟。
生日連辰宜並壽，同窗讀史更連心。

賀鈕淑梅女士生日

人人陌上看花回，都道不如看淑梅。

爲問何花堪比擬？小園搖曳一玫瑰。

陸 返真詞 悼逝者也

懷陳滿銘老師

莫逆忘年四十秋，高山流水識風流。
精研義理窮千載，漫詠歌詩遍九州。
興寄東坡兼北海，辭追南浦與西洲。
伯牙此去琴音斷，更與何人作伴遊。(註)

註：陳師生前，常偕余遊大陸及寶島名勝。

懷四川大學賈順先教授　二首

其一

傳來訃告思茫茫，長憶筑波泛一觴。
滿腹詩書承魯叟，何妨身著列寧裝？

其二

話別筑波三度霜，重逢海澱立斜陽。
共談心性尊朱陸，每想關河思漢唐。
川蜀由來多俊秀，胸懷豈獨解詞章？
聞君遽伴巫陽去，拂面春風涼又涼。

賈順先，中國四川南充人。四川大學哲學系教授。一九八五年相識於日本筑波大學國際學術會議上。後二年，又因學術會議重逢於中國北京。

敬悼魏增雄同學 二首

其一

昔年師大共聞鐘，一別紅樓難再逢。
悵望江湖孤雁影，南來北去不留踪。

其二

玉里曾經客裏逢，故人笑語盪層胸。
如今乘化歸天去，又隔雲山幾萬重。

悼陳樹衡學弟

半世交親酒共斟，興來遊望更長吟。
古亭揮筆傾君臆，東港吹簫動我襟。
路遠無由覯啓足，時危何處覓知音。
百年苦樂皆陳跡，不懼熔爐惟此心。

陳樹衡，香港人。來台入師大國文系讀書，既卒業，返港教書，曾任一私立中學校長。有詩才，擅書法。開館授徒，著名歌星冉肖玲，其傑出弟子也。又創辦耑玉集，每季一刊，刊載台港兩地著名書家與詩家之作品。

敬悼豐一兄 二首

豐一之喪，同學莫不傷悼。同窗四載，牽掛一生，情難捨也。我與豐一，同學之外，又兼同袍。岡山兩月，東港一年，宿緣不淺。尤其在東港，尚有豐政、尚信、異戈三兄同執教鞭，教空軍幼校子弟。尚信貴為預官隊隊長，獨居一室。我則與豐一、豐政、異戈四人同居一房，桌椅相併，床鋪相接，晨昏出入，形影不離。今聞豐一之喪，特為傷痛。賦詩二首。

其一

師大同窗一世緣，月明難計幾回圓。
岡山操戟沙塵裏；東港觀魚夕照邊。
曉日攜文談子史；清宵接席敘園田。

故人歸去雲山渺，何處重逢共榻眠。

其二

約會明年尚未逢，巫陽催遣太匆匆。
紅樓共硯書聲邈；東港從軍志趣同。
閑靜少言元亮節；寧清致遠武侯風。
相期多少平生事，今但深宵付夢中。

敬悼任民同學大哥 四首

任民學長，閑靜少言，同窗四載，鮮少對話。及至近年，同學會相聚，始多交談；尤其嫂夫人沈玲玲女士，言笑晏晏，丰采翩翩，帶來無限歡樂。話匣既開，遂聞任民開講養生之道：一要常拍掌，二要常爬山。簡而易行，同學皆樂而從之。於是始知任民之智慧深藏，才華內斂，實乃令人心儀之士也。今任民已矣，百身何贖！謹以中華新韻賦詩四章，以志吾痛。

其一

寒風瑟瑟雨瀟瀟，消息傳來五內焦。
許是天公忙且亂，錯教天使令魂招。

其二

蓬島暹羅萬里遙，鴻鵠振翮早歸巢。
歸來半世芸苗圃，大樹成林似棟高。

其三

北海南疆入夢遙，年年四月踏青郊。
明年花似今年好，誰共夜臺慰寂寥？

其四

平生懷抱總悠然，促膝聽君如聽禪。
身健何妨勤拍掌，心閒切莫懶登山。
紅樓永憶曾同席，白首相看已忘年。
誰謂先生多靜默，吉人情至本無言。

敬和王偉勇教授賀侄男奪奧運羽球雙打金牌

聯手東瀛建偉功，台灣氣象貫長虹。
輕揮毛羽尋常事；震撼寰球億萬瞳。
枉學戰狼施巧計；終教落葉遇秋風！
山川壯麗歌聲起，蓬島光輝淚眼中。

附王偉勇教授原唱賀勉賢侄王齊麟賢世侄李洋勇奪二○二○年東京奧運羽毛球雙打金牌

苦練尋常勤用功，後生可畏氣如虹。
登場健步頻移位；揮拍凝神不轉瞳。
挑手球飄輕落羽；起身捶落迅旋風。
金牌奧運初圓夢，積力持盈日正中。

案：本屆奧運原訂二○二○年七月，因武漢肺炎肆虐，延期至今年舉行。但仍稱二○二○奧運也。

附王楨文校長和詩：敬步師大母校傅武光師原玉

羽賽東瀛記駿功，炎黃冑裔氣如虹。
馬來台海登三甲；華社同胞聚萬瞳。
負煦勝謙呈氣度；技精藝湛展雄風。
欣逢對手分高下，共享光榮炫族中。

喜讀楨文和詩

王楨文在師大國文系讀書，曾受教於我門下。畢業回鄉，任教於馬國檳城大山腳日新獨立中學，並任校長。今讀我和王偉勇教授詩而和我，故作此答之。

臺馬相懸萬里遙，忽傳翰墨慰清朝。
楨文才美詩天縱，仙翮辭籠翱九霄。

附王楨文校長原玉：敬步傅武光詩原玉感賦

學成歸別路迢遙，念念相逢必有朝。
母校師風成化潤，育人蓄志尚凌霄。

步韻王楨文校長中秋夜

紅樓別後盼團圓，常怕冰盤見中天。
今夕依然人萬里，徒歌坡老月明篇。

附王楨文校長原玉：

中秋夜月正輪圓，萬里清輝佈滿天。
且把燈籠高舉起，庭前暢愜誦詩篇。

再和楨文校長

明月幾回圓？停杯一問天。天公都不語，且讀聖人篇。

附王楨文校長原玉：

月於今夜圓，與共祝遙天。疫困承佳訊，吾師誦雅篇。

末句指聞余吟東坡水調歌頭也。

文幸福教授示詩二首：一曰七十自勉，一曰端居，余感而賦詩曰

勁健還歸工部矩，縱橫堪與放翁鄰。
停雲散後君詩老，不愧汪門第一人。

文教授回曰：

規矩力從工部眞，縱橫敢與放翁鄰？
道山歸去汪陳老，孰是停雲後繼人。

余又賦一首曰

公筆幻如春季雲，橫空作雨落紛紛。

我詩句句追摹甚，猶自難逃燕雀群。

文教授旋又步我韻曰：

君詩書法細如雲，惜墨珍奇不亂紛。

歸去東皋新竹路，我從北海醉鷗群。

敬和武麗華女士夜半聞雨聲 二首

其一 夜半聞雨聲

半載遭乾旱，聞雷喜且驚。昨宵雲密布，今晨雨恣傾。
靜聽簷起籟，絕勝鼓鳴聲。大化無私覆，偉哉造物情。

附武女士原唱：

窗外泠泠雨，夢中歡喜驚。躍床身起坐，豎耳眼睜傾。
滴滴丁丁響，潺潺泫泫聲。蒼天容我意，倩水可憐情。

其二　續雨

連夜書聲雜雨聲，窮經淑世事難成。
年來不作凌雲賦，唯好常談似老生。

附武女士原唱：

雨停半晌又聞聲，崧嶺書窗樂譜成。
滴答及時眞悅耳，祈期紓旱救民生。

友人賴貴三教授，屏東客家人，喜蒐覽前賢手跡，見著名學者多客家耆宿，常賜示圖文，邀愚共賞，賦詩報之。

客家苗裔多翹楚，皓首窮經縫且補。
道統傳承永在心，東遷不忘師齊魯。

附師大國文系主任賴貴三教授：敬步傅武光老師口占四句教元玉

流離顛沛胡秦楚，板蕩中原天地補。
硬頸精神匪石心，薪傳鼎革超鄒魯。

答文幸福教授兄

誰言破繭能成蝶？最愛忘荃未得魚。
斯作沉雄眞聖品，屢思回答愧才疏。

附師大國文系文幸福教授原作：晚景

皤然歸去伴陶居，息絕交遊祇夢餘。
敢以情多隨逝住？漫從緣盡惜盈虛。
人求破繭能成蝶，孰與忘筌未得魚？
世態煙塵迷俗眼，閒心幽意翠屏舒。

南投信義鄉柳家梅園梅花盛開

一身清白隱深山，自謝自開心自閒。
冷淡高棲非冷漠，爲君冒雪喚春還。

附師大國文系主任賴貴三教授：敬步傅武光老師深山清賞梅開韻

嶙峋骨幹屹天山，亦雪亦蕤神亦閒。
澹泊清寧心澹漠，悠然自得淳樸還。

附師大國文系文幸福教授：試續貂一首

自出仙姿姑射山，隱身惟共白雲閒。
冰魂雪魄催開了，消得人間日往還。

一　祝禱聯

民國一百年

其一

百歲宏開堯舜世

一生惟讀聖賢書

其二

讀論半部知興替

繼統百年步漢唐

其三

盛世由來崇孔孟

斯文能不繫臺澎

恭賀周一田（何）老師七秩華誕

志於道，依於仁，游於藝，絕學斯繼；

得其名，稱其位，享其壽，大德維新。

賀張先生（師大學生姚艾娟之夫婿）畫展

林泉高致毫端見
宇宙生機肘底藏

水燈

百歲光陰隨逝水
一川星月伴孤燈

觀畫

雲林山水思清遠

子久煙嵐出俗塵

賀董金裕同學大著獲選列入孔學精粹叢書專卷，與並世大儒同列。

積學山高，身躋一代鴻儒之列；

屬文海闊，道貫三才性理之原。

二　嵌名聯

羅來貴先生易麗君夫人新屋落成

飛花語燕麗君屋
鳳輦鑾輿來貴人

書法家燕方畏先生

方家調逸鍾王上
畏友聲高洛許中

林雄發先生

雄圖宿在青雲上
發興常存林野間

游高翔先生

其一

高翥不辭南海遠
翔雲長帶玉峰寒

其二

高鵠凌霄寰宇廓
翔雲敷彩物華明

張慧英女士

慧心濠上知魚樂

英識胸中孕道眞

吳昱瑩女士書法展

其一

昱昱光輝生素壁
瑩瑩珠玉燦華堂

其二

洛許文章光昱昱
鍾王標格燦瑩瑩

盧星華醫師院長

星海光芒推北極
華山秀色萃南峰

張智重傅慧珠夫婦

其一

智比山高，張公百忍天下重；
慧如淵靜，傅巖一脈帝王珠。

其二

智方南嶽千鈞重

慧比東坡萬斛珠

習明書院

其一

習禮通經弘聖教
明心篤志濟斯民

其二

習經通史思洪範
明道修身做聖人

志平講壇

新傳聖道開新局

默運天心志太平

三 集句聯

百歲光陰如夢蝶 元曲

一生事業略存詩 陸游詩句

賀燕方畏先生書法展

遠戍十年臨的博　陸游詩句。燕先生自軍中退役後習書法

揮毫百斛瀉明珠　黃庭堅〈雙井茶送子瞻〉詩

四　輓聯

舅母張太夫人

寄讀四年，恩比懷胎十月；

遽歸六合，痛如椎骨千回。

岳父大人

雨露恩深，每依風木思慈父；
帝鄉路遠，教從何處報春暉。

先師王熙元先生

詠舞雩，賦歸田，風華有進乎晉宋；
繼絕學，礪名教，俯仰無愧於湘鄉。

代治喪會輓王熙元先生

禹甸陸沉，方期椽筆起衰敝；

昊天不弔，忍教斯文失護持。

先師牟宗三先生

運仁智，距馬列，放四海而皆準；
會中西，明體用，參萬歲以成純。

趙師母

趙制陽老師夫人

淑德樹家聲，兒孫皆是邦家器；
春暉被絳帳，弟子長懷師母恩。

師大魯實先教授

滄海橫流，幸有河汾之教；
斯文未振，那堪梁木其摧。

師大何錡章教授

才如海，筆如椽，麗典新聲追屈宋；
依於仁，游於藝，光風霽月見眞純。

范汝功將軍 范長華同學之父

毓蕙滋蘭，佳句偏憐道韞女；

運籌決策，塞垣長憶文正公。

董太公天福先生　董金裕同學之父

藹藹如親，慈愛兼施我輩；

瑩瑩似玉，德徽長在人間。

董太夫人　董金裕同學之母

友直，友諒，友多聞，每從孟博思賢母；

樂水，樂山，樂天命，今伴巫陽遊帝鄉

黃太公船儀先生　黃尚信同學之父

守道振家聲，諸子盡如黃公望；
牧民流惠澤，春暉長在白雲鄉。

黃母傅太夫人　黃尚信同學之母

系出傅巖，治事猶傳家風舊；
華敷上苑，結子皆如秋蕙香。

萬卷樓總經理李光筠先生

志忠慮純，風操皎如一片月。

火傳薪盡，典型長在萬卷樓。

陳太夫人 芬園鄉農會總幹事陳錫勳之母

膝下子孫，盡是芝蘭玉樹；

洛濱庶士，同沾雨露春暉。

許太公 師大國文系助教許文齡之父

教子有方，芝蘭玉樹亭亭立。

留春無計，愊臆柔腸寸寸灰。

鳳陽牧歌 增修版
文化生活叢書 詩文叢集1301073

作　者　傅武光
發行人　林慶彰
總經理　梁錦興
總編輯　張晏瑞
出　版　萬卷樓圖書股份有限公司
發　行　萬卷樓圖書股份有限公司
臺北市羅斯福路二段四十一號六樓之三
電話 (02)23216565　傳真 (02)23218698
香港經銷　香港聯合書刊物流有限公司
電話 (852)21502100
傳真 (852)23560735
ISBN　978-986-478-753-1
二〇二二年八月增修一版
定價：新臺幣三六〇元
責任編輯　呂玉姍
排　版　游淑萍
封　面　呂玉姍
印　刷　維中科技有限公司
如有缺頁、破損或裝訂錯誤，請寄回更換
版權所有・翻印必究
Copyright©2022 by WanJuanLou Books CO., Ltd. All Rights Reserved. Printed in Taiwan

鳳陽牧歌

國家圖書館出版品預行編目資料

鳳陽牧歌 / 傅武光作. -- 增修訂一版 . -- 臺北市：
萬卷樓圖書股份有限公司, 2022.08
面；　公分.--（文化生活叢書・詩文叢集；1301073）
ISBN 978-986-478-753-1（平裝）

863.51　　111014011

鳳陽牧歌